AF359972

MÉMOIRE

SUR L'HISTOIRE

DES CACOUACS.

PARIS,

IMPRIMERIE ECCLÉSIASTIQUE
DE BÉTHUNE,
IMPRIMEUR DE LA SOCIÉTÉ CATHOLIQUE,
Hôtel Palatin, près St.-Sulpice.

MÉMOIRE

POUR SERVIR A L'HISTOIRE

DES CACOUACS,

SUIVI D'UN SUPPLÉMENT

A L'HISTOIRE DES CACOUACS

JUSQU'A NOS JOURS.

Fas mihi Graïorum sacrata resolvere jura :
Fas odisse viros, atque omnia ferre sub auras.
VIRG. EN., L. II.

PARIS,

A LA SOCIÉTÉ CATHOLIQUE DES BONS LIVRES,

RUE DU POT-DE-FER, N.° 4.

M. D. CCC. XXVIII.

TABLE DES MATIÈRES.

PRÉFACE DE L'ÉDITEUR.

Les *Mémoires pour servir à l'histoire des Cacouacs* ont été publiés en 1757 par Moreau, historiographe de France. La philosophie, qui se reconnut dans ce tableau fidèle, ne pardonna pas à l'auteur d'avoir su la rendre à la fois odieuse et ridicule en ne faisant que la peindre : son propre portrait lui parut une insulte. La Harpe, alors un de ses plus fervens disciples, parle avec quelque dédain de Moreau, dans sa *Correspondance littéraire*. En refusant de rire avec ce spirituel écrivain des travers de la philosophie, il ne se doutoit pas que, peu d'années après, il en pleureroit lui-même le triomphe sur des ruines.

Le *Catéchisme* et les *Décisions des cas de conscience à l'usage des Cacouacs*, avec un *Discours du patriarche des Cacouacs pour la réception d'un nouveau disciple*, parurent en 1758. On les attribue à l'abbé Giry de Saint-Cyr, sous-précepteur du Dauphin, fils de Louis XV. Ils forment l'*Appendice des Mémoires*. On a cru que la ré-

impression de ces écrits, aujourd'hui peu com-
muns, ne seroit pas inutile. On ne sauroit trop
multiplier les ouvrages qui présentent sous son
véritable jour cette philosophie du dernier siècle, que ses tristes admirateurs propagent avec
plus d'ardeur que jamais. Mais, parmi les livres
qui peuvent éclairer les diverses classes de la
société, et les préserver d'une illusion funeste,
celui que nous publions mérite d'être distingué,
parce qu'il donne à un sujet rebutant par lui-
même l'attrait d'une forme piquante. La philosophie qu'il démasque a quelque chose de si
hideux que peu de personnes pourroient se résoudre à y arrêter leurs regards, si l'on ne tem-
péroit l'horreur par le ridicule. Toute doctrine
perverse est d'ailleurs à la fois un crime et une
sottise, et l'on doit joindre le rire moqueur à
l'indignation, pour lui rendre une justice com-
plète.

Personne aujourd'hui ne sera tenté de repro-
cher à l'auteur des *Mémoires* quelque exagé-
ration; au contraire, plusieurs des traits sous
lesquels il peint les mœurs des *Cacouacs* paraî-
tront certainement trop adoucis. Lorsqu'il écri-
vait, cette nation ne connoissoit encore d'autres
armes que la plume : elle a prouvé depuis qu'elle
excelloit aussi à manier le marteau et la hache.
Notre auteur n'en avoit vu que les *sages;* il nous

a été donné d'en voir les *héros*. S'il eût retouché son ouvrage depuis l'époque de ce progrès mémorable, il est à croire qu'il eût modifié quelques parties de son Histoire. Il nous dit que « *les* » *Cacouacs ne sont point des sauvages ; qu'ils ont* » *de la politesse* (1) *; qu'ils ne tuent point, parce* » *que, dans tous les pays qu'ils habitent, ils ont* » *trouvé établi l'usage de faire pendre quiconque* » *ôtoit la vie* (2) *; que, pour le vol, ils ne se* » *permettent que celui des pensées des autres* » (3). Plusieurs critiques prétendent aujourd'hui que cela n'est pas absolument exact, et il faut avouer qu'ils allèguent des raisons assez spécieuses : car ils citent, entre autres, un recueil authentique des *actes* d'une assemblée générale des *Cacouacs*, connue sous le nom de *Convention*, qui ne se piquoit guère de *politesse*, et qui s'occupoit de toute autre chose que de *voler les pensées* des autres. Aussi, suivant les mêmes critiques, les *Mémoires pour servir à l'Histoire des Cacouacs* ne sont pas achevés : ceux qui désireroient en voir la continuation la trouveront dans le *Moniteur* de 1793.

On doit faire une observation analogue au sujet

---

(1) Page 3.
(2) *Idem* 16.
(3) *Idem* 17.

du *Catéchisme*, car on ne peut nier que les auteurs de cet abrégé élémentaire de la sagesse humaine n'aient été surpassés par leurs élèves. Il est vrai que, parmi les actions même les plus *énergiques* de ceux-ci, il n'en est pas une seule qui ne soit motivée sur une des *réponses* du *Catéchisme*, et sous ce rapport, les maîtres auroient droit d'en revendiquer la gloire : mais, d'un autre côté, la pratique a toujours quelque chose de plus frappant que la simple théorie ; et, de toutes les morales inventées par la philosophie, aucune assurément ne lui fait plus d'honneur que sa *Morale en action*. Elle fournit la matière d'un recueil d'anecdotes fort instructives, qui pourroit servir de pendant à son *Catéchisme*, et qui en rendroit l'étude moins sèche. Nous lui conseillons de faire imprimer l'un et l'autre à l'usage de ses écoles d'enseignement mutuel.

Quant aux *Décisions des cas de conscience*, nous avons cru devoir y faire quelques additions. Quelque habiles qu'aient été les *casuistes du dix-huitième siècle*, il leur eût été bien difficile de prévoir tous les doutes qui pouvoient troubler la conscience timorée de leurs disciples. Ceux-ci d'ailleurs se sont trouvés depuis dans des circonstances extraordinaires, qui ont donné lieu à des cas de conscience tout-à-fait nouveaux, et il est urgent de les résoudre, parce que les mêmes circonstances peuvent fort bien se renouveler. De là la nécessité d'un petit *Supplément.* Mais si les anciens directeurs des consciences philosophiques n'ont pas donné des décisions formelles sur chacun de ces cas en particuliers, nous leur devons la justice de déclarer que ce sont leurs immortels ouvrages qui nous en ont fourni la solution. On verra qu'on n'a ici qu'à faire l'application de leurs principes. Seulement nous avons mis quelquefois à contribution les lumières de quelques causistes plus récens, dont notre siècle s'enorgueillit à si juste titre.

AVERTISSEMENT.

Si cette relation tomboit par hasard entre les mains de quelques Cacouacs, on croit devoir les prévenir ici que l'auteur n'a pas eu intention d'en attaquer aucun en particulier. Leurs mœurs peuvent être en contradiction avec leurs principes; mais s'il est permis d'exposer ceux-ci, de les défendre, de les soutenir même, il ne doit pas être défendu à un citoyen de les trouver déraisonnables et dangereux.

MÉMOIRE

POUR SERVIR

A L'HISTOIRE

DES CACOUACS.

L'auteur anonyme qui, dans le *Mercure* de l'année 1757, a voulu donner une idée des Cacouacs, ne paroît pas assez au fait de leur caractère et de leur gouvernement. En récompense on voit qu'il a contre eux une haine vigoureuse. Soit qu'il ait été maltraité par ces peuples, soit qu'il soit par tempérament un peu porté à la colère, son style a quelque chose d'aigre et d'amer, qui fait que l'on se défie de son jugement. D'ailleurs il ne donne qu'une notion très-imparfaite de cette nation ; et il est très-important pour le bien de la société qu'on la connoisse à fond.

J'ai vécu pendant quelque temps avec les Cacouacs. Je fus d'abord leur prisonnier ; ils me naturalisèrent ensuite ; je devins leur frère ; et,

1..

si le charme eût été un peu plus fort, j'aurois
pu parvenir chez eux aux plus grandes dignités.
Mais bien me prit de n'avoir été ensorcelé qu'à
demi, et mieux encore de trouver mes libérateurs
dans une nation leur ennemie. Je puis au moins
parler savamment de leurs principes, de leurs
mœurs, et même de leur magie. Peut-être les fe-
rai-je mieux connoître que l'auteur dont je prends
la liberté de combattre la relation. La manière
dont ce peuple a vécu avec moi m'a donné sur
tout cela des lumières que ne peuvent avoir ceux
qui ne le connoissent que par ouï-dire.

Les Cacouacs ne sont point des sauvages : ils
ont beaucoup d'esprit, de la politesse, des connoissances, des arts ; ils possèdent même dans
un degré supérieur celui des enchantemens. Leur
origine, si on les en croit, remonte jusqu'aux
Titans, qui voulurent escalader le ciel. Mais,
comme les enfans en savent toujours plus que
leurs pères, les Cacouacs soutiennent aujour-
d'hui que leurs ancêtres étoient des visionnaires,
et qu'ils firent la plus haute folie, non de vouloir combattre contre les Dieux, mais de supposer
qu'ils existoient. Ils ajoutent que la foudre qui
écrasa Typhon, leur chef, n'étoit qu'un mé-
téore très-naturel, sur le chemin duquel lui et ses
confrères eurent le malheur de se rencontrer.
J'ai cru d'abord, quand ils m'ont exposé leurs
idées sur la divinité, qu'ils avoient contre elle
quelque reste de rancune; mais ils m'ont dit tant
de raisons, qu'à la fin je les ai jugés ou convaincus, ou fort près de l'être, ou du moins très

curieux de le paroître : nouvelle preuve, et très-évidente, que les Cacouacs ne sont point des sauvages ; car les Hurons même croient un Dieu, et en conviennent bonnement.

Les Cacouacs habitent sous des tentes pour marquer leur indépendance et leur liberté : aussi ne connoissent-ils point de gouvernement. L'anarchie est une de leurs maximes fondamentales ; car, comme ils sont persuadés que c'est le hasard qui a réuni les individus de l'espèce humaine, destinés d'abord à vivre isolés dans les forêts, ils ne veulent s'écarter que le moins qu'il est possible de cette institution primordiale, si conforme à la nature de l'homme. Ils ne nient pas cependant que cette espèce d'animal n'ait acquis l'habitude de commercer avec ses semblables, et qu'ayant peu à peu perfectionné ses connaissances, il n'ait usurpé quelque empire sur les autres machines vivantes. Mais comme cette supériorité, dont l'homme jouit tout au plus depuis six mille ans, ne décide rien pour le droit, et qu'en pareille matière il seroit absurde de vouloir *payer les ours de prescription*, ils sont convaincus qu'il n'y a point de quadrupède qui ne puisse à son tour prétendre à l'honneur de régner sur le genre animal. Dans cette supposition si vraisemblable, les Cacouacs ne s'enorgueillissent point du présent de la raison, qui leur vient de la finesse qu'ont reçue par succession les organes de leurs pères, mais seulement de l'usage qu'ils en font ; et comme il peut fort bien arriver par la vicissitude des choses, que les lions ou les che-

vaux aillent un jour à la chasse aux hommes,
ou les mettent à l'écurie, ces peuples ont la pru-
dence de ne former aucun projet vaste, ni pour
l'universalité du genre humain, ni pour leurs pro-
pres individus. Quelques-uns même commencent
à croire que l'on n'est point éloigné de cette
grande révolution (1); et pour favoriser, autant
qu'il est en eux, le cours de la nature, ils ont
pris le parti de se conduire dès à présent par
l'instinct, en attendant tranquillement que les
bêtes, dont les facultés se développent peu à peu,
se conduisent par la raison.

On peut juger de la règle de leur conduite par
les maximes de gouvernement qu'ils ont adop-
tées. Selon eux, les lois naturelles sont des chi-
mères, tout est fondé sur l'usage et sur une
convention libre dont le motif est l'intérêt de
chaque particulier. Or, comme cet intérêt peut
varier, s'il est vrai, dans quelques climats de
l'Europe, qu'il faille demeurer fidèle à son ami
et lui restituer le dépôt, ce peut être tout le contraire au Japon : la preuve en est simple, et à la
portée de tout le monde. Il n'y a ni vérité ni
vertu hors de l'homme qui l'aperçoit ou la pratique ; et tout le monde sait que l'homme est un
animal changeant. Ce qui m'a singulièrement

---

(1) Un auteur cacouac est persuadé que les cerfs
ont déjà acquis de la raison : peu s'en faut qu'il ne
fixe l'âge où ils jouissent de cet avantage. (Voyez le
Dict. Encyclop. au mot *cerf.*)

étonné, c'est que ces peuples ont toujours à la bouche les mots de *vérité* et de *vertu*. Ils affichent la vérité; ils étalent partout la vertu. Il semble qu'ils en aient à revendre. J'ai vu des Cacouacs qui, montés sur deux tréteaux, crioient à tous les passans, jusqu'à en être enroués: *Vertu de la Chine, vertu des Indes, vertu d'Espagne; vérités du Mexique, vérités de la Grande-Tartarie;* à peu près comme nos charlatans crient: *Baume du Pérou, baume de la Mecque.* Ainsi parmi ces peuples il n'y a qu'à s'entendre, et cette multitude de vertus fait qu'elles y sont à bon marché. On espère même qu'un jour tout Cacouac pourra choisir dans tous les climats du monde, celle qui lui conviendra le mieux. Il n'y aura pour cela qu'une seule précaution à prendre. C'est de se faire naturaliser dans le pays dont les mœurs lui auront paru plus conformes à son tempérament, ou d'y faire, comme on dit en France, *élection de domicile;* alors il pourra porter partout la vertu qu'il aura une fois adoptée. Après une convention aussi utile au genre humain, tant pis pour qui sera malhonnête homme, car il n'aura tenu qu'à lui d'être vertueux.

Jusqu'à présent les Cacouacs n'en sont point encore venus à ce choix commode; car ils sont persuadés que l'on doit embrasser la vertu du pays où l'on est né, par la même raison qu'il est honnête de se servir des étoffes qui s'y fabriquent, et qu'il est nécessaire de s'y nourrir des fruits qui y croissent. Ils croient donc que tout homme sensé doit examiner avec soin ce qui est bien sous le degré du méridien où il vit, et, s'il ne s'accommode pas de ce genre de bien, passer sous un autre degré, plutôt que violer les usages reçus. On ne doit pas s'étonner après cela s'ils disent que celui qui ne croit point en Dieu *n'en est que plus obligé d'être homme de bien* (1): car plus nous avons de facilité pour agir, plus nous sommes blâmables si nous n'agissons pas : or, il faut avouer que ces peuples, en secouant l'idée de la Divinité, ont ouvert aux hommes tous les moyens possibles d'être vertueux en se passant d'elle.

Lorsqu'une de leurs colonies va chercher un établissement dans quelque pays lointain, leurs chefs ont tous l'astrolabe à la main. Ils examinent d'abord l'état du ciel; ils observent ensuite la nature du terrain, la qualité des eaux et jusqu'aux vapeurs qui s'élèvent à l'horizon. C'est par le résultat de toutes ces combinaisons qu'ils décident si, dans le nouveau climat qu'ils se proposent de peupler, on doit être bienfaisant ou cruel, fidèle à ses engagemens ou perfide, attaché à sa femme ou adultère, soumis à ses parens ou révolté contre eux. Mais, comme les observations peuvent être fautives, et que d'ailleurs la nature ne parle pas toujours assez clairement, les Cacouacs ne sont point obstinément attachés à leurs découvertes sur cette morale ambulante, et ils sont toujours disposés à pardonner les erreurs qui ne

---

(1) Voyez *le Fils naturel.*

vont qu'à ce que, nous autres esclaves des préjugés de notre jeunesse, nous appelons *déprava-
tion de mœurs.*

En un mot, les Cacouacs étudient la nature
en tout. Ils ne lui bâtissent point de temple,
parce que cela auroit l'air d'un culte, et que les
Titans leur ont laissé pour maxime, qu'il faut
connoître et non adorer. Mais ils sont attentifs à
sa voix, ils examinent sa marche; ils la trouvent,
et dans l'instinct des bêtes, et dans leurs pro-
pres inclinations. « Si la vue peut nous tromper,
le sentiment, disent-ils, est un guide fidèle. »
C'est ce sentiment qui leur a appris que l'homme
n'est point fait pour être gouverné, et que les
pères n'ont tout au plus sur leurs enfans que le
droit de les nourrir et de les habiller, tant que
ceux-ci ne peuvent se passer de ce secours (1).
Si par cette raison frappante, l'autorité pater-
nelle est nulle chez eux, en récompense la
reconnoissance des enfans y est moins que rien.
Et en effet que doit-on à des gens qui nous ont
mis au monde pour leur plaisir, qui n'ont pas
eu l'esprit de nous choisir, ni la bonté de nous
aimer avant que nous existassions?

Avec tout cela ils ne sont point si méchans que
le suppose l'écrivain que je combats : car, au

---

(1) Voyez le *Gouvernement civil* de Locke. Voyez
le *Discours sur l'inégalité parmi les hommes*, p. 47,
et note 10. Voyez aussi plusieurs ouvrages des Cacouacs.

défaut des lois dont ils n'ont point voulu se
former l'idée importune, ils respectent, comme
je l'ai dit, les coutumes établies. Ainsi ils ne
tuent point, parce que dans tous les pays qu'ils
ont habités, ils ont trouvé établi l'usage de faire
pendre quiconque ôtoit la vie. Pour le vol, ils ne
se permettent que celui des pensées des autres,
et cela parce que les hommes n'ont point encore
eu l'*injustice* de circonscrire des (1) bornes à ce
genre de possession.

Ils sont grands parleurs : leur langage a quelque chose de sublime et d'inintelligible qui inspire le respect et entretient l'admiration. Tout
dans leur discours est image, sentiment, passion
même ; car ils ont découvert que l'enthou-
siasme (a) étoit le moyen le plus sûr pour connoître la propriété des choses. Ils ont raison, car
s'il n'y a point de vérité commune à tous les
hommes, à quel point fixe les Cacouacs pour-
roient-ils s'accrocher pour les persuader? Or
leur goût général est de régner par la persuasion.
Il faut donc qu'ils la fassent consister dans cet
étonnement qui naît du brillant des figures, de
l'énergie des mots, de la rapidité des images qui
se succèdent et se chassent, en un mot de ce
transport qui saisissoit quelquefois la Pythie sur
le trépied sacré, et qui s'est une fois emparé
d'un chef cacouac à l'aspect d'un torrent, d'une

---

(1) *Discours sur l'inégalité parmi les hommes,* p. 95.
(a) *Entretiens* à la suite du *Fils naturel.*

montagne couverte de forêts, et d'un orage qui grondoit à quelques lieues de lui.

Au reste, s'ils sont quelquefois forcés d'abandonner le talent de persuader, ils ne manquent jamais d'avoir recours à l'art de séduire. Ils voudroient que tous les peuples de l'Univers devinssent Cacouacs. Ce n'est point par amour de la patrie; je l'ai dit, ils n'en ont point. Mais c'est qu'il est beau d'être admiré par un plus grand nombre. Dans ce dessein si louable, ils cherchent à s'emparer des esprits, ils prodiguent la louange dans l'espérance qu'on la leur rendra au centuple. Si on y manque, ils commencent par gémir en secret ; au bout de quelque temps, ils s'aperçoivent qu'ils n'ont loué qu'un imbécille, et tôt ou tard ils trouvent à se venger d'un ingrat.

Avec cette humeur si douce, ils ne laissent pas quelquefois de faire la guerre. Ils aiment que l'on marche à eux au bruit de la trompette. Le fracas que font leurs ennemis inspire à ces peuples un nouveau courage. Ils semblent s'applaudir des préparatifs que l'on a faits pour les attaquer. Ils ont une légèreté admirable dans leurs évolutions, et trouvent le moyen de parer tous les coups en caracolant. Aussi leurs voisins ont-ils désespéré de les vaincre ; ils se contentent aujourd'hui de les écarter. Une petite nation, dont j'aurai occasion de parler sur la fin de ce Mémoire, a trouvé un moyen infaillible pour y parvenir. Quand les Cacouacs s'avancent sur sa frontière, ce peuple vient à eux les sifflets à la main. Ce petit instrument a désolé les vainqueurs. La trompette ennemie les animoit. Le sifflet les fait fuir et les disperse. On dit que les auteurs de cette invention s'apprêtent à la communiquer aux peuples voisins, chez lesquels les Cacouacs font des excursions. Par là ceux-ci cesseront d'être redoutables. Ils borneront leur gloire à faire prisonniers quelques malheureux étrangers qui, en se promenant dans leur voisinage, n'auront pas eu la précaution de se munir de sifflets.

Après avoir donné ce peu de notions sur les principes, et sur le gouvernement des Cacouacs, je pourrois entrer dans quelque détail sur leurs connoissances, sur leurs arts, et en particulier sur l'espèce de magie qu'ils exercent pour s'attacher à jamais les prisonniers qu'ils font. Mais comme je ne pourrois que rapporter ce que j'ai vu, j'aime mieux raconter ici en peu de mots, par quelle aventure je tombai entre leurs mains, ce qui m'arriva parmi eux, et comment j'échappai aux desseins qu'ils avoient formés sur moi.

Malheureusement j'ignorois encore l'usage des sifflets, lorsque, dans une partie de chasse que je faisois assez proche de la colonie des Cacouacs, je m'écartai de mes compagnons. Cette nation étoit alors en campagne, et au moment où je m'y attendois le moins, je me vis environné d'un parti de ses guerriers. Je fus désarmé au bruit d'une musique italienne (1), que j'eusse assez

____

(1) Les Cacouacs aiment beaucoup la musique. Il y a eu un temps où elle pensa exciter chez eux une

goûtée sans la terreur qui s'empara de mes sens.
On me fit marcher par les plus beaux chemins
du monde. Les guerriers m'environnoient avec un
air riant dont je ne m'aperçus qu'au bout d'une
demi-heure; et, après que j'eus repris mes sens,
le plus âgé de la troupe me dit : « Ne crains rien,
jeune homme, tu seras libre. Connois les Cacouacs, ils furent toujours les bienfaiteurs du
genre humain. Ils n'ont excité dans le monde ni
guerres civiles, ni désordres funestes entre les
parens. Ces maux cruels sont l'ouvrage de la su-
perstition. Qui ne craint point un Dieu ne sait
ce que c'est que de troubler l'univers » (1).

Je ne savois à quel propos on me tenoit un
pareil discours, et j'ouvrois de grands yeux, dans
lesquels on pouvoit lire mon étonnement et ma
crainte, lorsqu'en tournant la tête j'aperçus mon
fidèle domestique qui suivoit mes pas. Il m'avoit
vu de loin et avoit volé. Il me fit signe qu'il ne
m'abandonneroit point. Je fus rassuré; j'avois
une confiance entière en ce garçon, le plus vertueux et le plus religieux des hommes. Mes parens le regardoient comme un ami : hélas! pour-

---

guerre civile. Un de leurs anciens s'avisa de soutenir que ce que ses adversaires appeloient une musique
n'en étoit point une, et peu s'en fallut que l'on ne
se battît.

(1) Un des chefs des Cacouacs les plus renommés
a fait plusieurs ouvrages, et entre autres une *Histoire universelle*, pour prouver cette importante
proposition.

quoi a-t-il vécu chez les Cacouacs? s'il ne les avoit pas connus, il me serviroit encore, et n'auroit pas été se faire pendre à Francfort, où il finit l'année passée sa malheureuse carrière.

Je revins à mon voyage ; nous arrivâmes dès le soir au camp de mes nouveaux maîtres. On me fit entrer dans une tente parfumée. J'aperçus un lit de roses dont l'odeur, quoique agréable, ne laissoit pas de porter à la tête. J'étois las ; je me couchai sur ce lit, on me servit à manger, et lorsque ensuite je voulus reposer, j'aperçus aux deux côtés de mon chevet deux cassolettes d'argent. Il en sortoit une petite fumée d'encens dont il fallut bien m'accommoder. Je crus que tel étoit l'usage de chaque habitant de la colonie, mais on m'a dit depuis que cet honneur ne se faisoit qu'aux étrangers.

Je commençois à m'endormir, lorsque je fus réveillé par un vieillard vénérable qui portoit un livre. Il s'inclina profondément devant moi, et me dit, avec la voix la plus douce, ces paroles qui me firent trembler : « Jeune homme, prends et lis (1) : Si tu peux aller jusqu'à la fin de cet ouvrage, tu ne seras pas incapable d'en entendre un meilleur. Un plus habile (a) t'apprendra à

---

(1) *Interprétation de la nature*, Avertissement.

(a) Ce mot, *un plus habile*, chez les Cacouacs ne désigne point leurs docteurs. C'est un titre commun qu'ils se donnent tous les uns aux autres, et que chacun en particulier se flatte de mériter à l'exclu-sion de tous.

connoître les forces de la nature; il me suffira de t'avoir fait essayer les tiennes, adieu. » Le vieillard se retira dans l'instant, et sans le livre qui resta sur mon lit, j'aurois regardé sa visite comme une vision.

Je ne comprenois rien à ce qui se passoit. J'étois prisonnier et je n'en pouvois douter. Cependant, au lieu d'un cachot obscur auquel je m'étois attendu, je me voyois couché sur des roses, entouré de parfums et un livre à la main; je passai une partie de la nuit à le lire. Je ne l'entendis point. Je dormis tranquillement. Je lus encore à mon réveil, et je ne l'entendis pas mieux. Mais je sentis commencer en moi une révolution dont je ne pouvois deviner la cause. Mon imagination s'échauffoit, mon pouls s'élevoit, et ma respiration devenoit plus forte. Il me sembloit que dans un moment d'ivresse la faculté de sentir s'emparât peu à peu de mon âme tout entière, et que la faculté de raisonner s'éteignît dans la même proportion. Je me levai; je me promenois à grands pas dans ma tente, et je remarquois avec surprise, que lorsque j'approchois des deux cassolettes, je ne pouvois plus même réfléchir sur mon état. « Ah Dieu ! m'écriai-je en m'éloignant, et jetant le livre que je n'avois point encore quitté, je suis ici chez des enchanteurs. Jamais les poisons de Circé n'eurent un effet plus prompt. Quel est le sort qui m'attend ? dois-je donc éprouver celui des compagnons d'Ulysse ? »

« Non mon fils, s'écria le vieillard qui m'avoit apparu la veille, et qui entra dans ma tente au

moment que j'achevois ces mots ; non mon fils ,
tu ne seras point changé en bête. Nous voulons
au contraire t'élever au rang des sages. Ne crains
rien de cette espèce de transformation que tu
éprouves. Cette fermentation sourde des molécules organiques qui composent ton être , t'an-
nonce la victoire que la matière vivante doit
bientôt remporter sur la matière morte. Tu es
sous la main de la nature , laisse-toi conduire à
son impulsion. »

J'avois lu la plupart de ces mots dans le livre
que j'avois jeté par terre , et , à la clarté dont
ils me parurent dans la bouche du vieillard , je
crus qu'avec un peu plus d'attention je pourrois
un jour les entendre dans le livre mystérieux.
« Ah ! mon père, m'écriai-je, votre voix me ras-
sure, elle est pour mon âme ce qu'un vent doux
et rafraîchissant est à nos corps après les brû-
lantes ardeurs de la canicule. Je me confie à vos
soins : que mon être n'essuie aucune dégradation.
O nature ! ô ma mère, je m'abandonne à toi. »

Je dois observer pour la fidélité de l'histoire que lorsque je disois de si belles choses, mon
vieillard me tenoit par la main , et m'avoit conduit peu à peu jusqu'auprès des cassolettes ; il
s'assit avec moi sur mon lit, et m'annonça que
dans un moment j'allois connoître les principaux
de la colonie.

Un instant après, les rideaux de ma tente furent relevés, et je vis entrer une nombreuse
compagnie de Cacouacs, hommes et femmes. Il
n'y eut personne qui ne m'embrassât avec ten-

dresse ; point de bouche qui ne louât et ma figure
et mon esprit, et les rares connoissances que
j'avois acquises, et celles même que j'étois ca-
pable d'acquérir. Le vieillard me présentoit les
dames. Je n'avois eu jusque-là qu'une idée de
moi assez commune. J'étois étonné, j'étois en-
chanté de l'impression que je faisois sur ce peuple. Toutes mes défiances, toutes mes craintes se
dissipoient; mais plus je trouvois de charmes
dans cette opinion flatteuse que je commençois à
prendre de mon rare mérite, plus j'affectois un
air calme, modeste, timide, bien différent des
mouvemens que je sentois dans mon âme ; car
mon ivresse n'avoit point cessé.

Lorsque l'on fut las de me louer, car pour moi
je ne me lassois point d'entendre mon éloge, on
fit entrer des joueurs d'instrumens; la musique
fut bizarre, mais vive et animée. Une femme l'in-
terrompit en me disant : « Jeune homme, que
pensez-vous de ces sons ? n'ont-ils pas créé en
vous des sensations délicieuses ? n'ont-ils pas
même généralisé vos idées ? à combien de sciences la musique ne nous conduiroit-elle pas ? O
mon fils ! tout se tient dans la nature, tout est lié
par une chaîne éternelle ; mais rien ne l'est plus
essentiellement aux sensations du plaisir que la
connaissance de la vérité. »

Alors tous les Cacouacs commencèrent à parler
à la fois. Le vieillard fit signe que l'on se tût ; et,
pour me donner lieu de faire briller mon esprit,
il proposa lui-même quelques questions sur lesquelles on étoit bien aise d'avoir mon sentiment.

Il demanda, par-exemple, *si la matière morte* (1) *se combine avec la matière vivante? Comment se fait cette combinaison? Quel en est le résultat?*

Ici je m'aperçus qu'il avoit jeté quelques pastilles dans la cassolette qui touchoit à mon bras gauche. Je me sentis transporté; je dis des choses admirables, et dont j'ai totalement perdu le souvenir. Elles excitèrent un applaudissement universel et si bruyant, qu'on fut obligé plusieurs fois de crier silence pour entendre une autre question proposée par une femme très-jolie. Il s'agissoit de savoir : *Si les moules* (2) *sont les principes des formes? Ce que c'est qu'un moule? Si c'est un être réel et préexistant, ou si ce n'est que les limites intelligibles d'une molécule vivante unie à de la matière morte ou vivante; limites déterminées par le rapport de l'énergie en tout sens, aux résistances en tout sens.*

Etrange effet de la cassolette ! Je commençois à entendre à merveille tout cela ; et, lorsque mon tour fut venu de parler, à peine eus-je dit quatre mots que toutes les femmes s'écrièrent : « Il a trouvé le nœud de la difficulté; illustre interprète de la nature, que tardez-vous à l'initier à nos mystères. »

On sortit alors, et le vieillard, après m'avoir embrassé, m'assura que je pouvois me regarder

(1) *Interprétation de la nature*, pag. 201.
(2) *Ibid.* pag. 199.

comme libre ; parcourir la colonie et regarder les Cacouacs comme mes frères. Il ajouta qu'avant qu'il fût quatre jours, ils n'auroient plus rien de secret pour moi.

Alors mon laquais entra pour me servir. « Valentin, lui dis-je, il y a près de vingt-quatre heures que je ne t'ai vu. Qu'es-tu devenu ? Ah ! mon cher maître ! me répondit-il, que j'ai appris de choses depuis que je suis ici ! Quelle douceur dans ces étrangers ! Est-il possible que nous les ayions regardés jusqu'ici comme des barbares ? Hier à peine savois-je lire. J'ai trouvé ici toutes les sciences ; je sais déjà la musique, et j'apprends la morale. »

Je m'étois trouvé tant d'esprit pour raisonner sur les moules, sur les molécules vivantes et sur les limites de l'énergie, que je n'étois pas surpris de voir Valentin devenu musicien en vingt-quatre heures. Je l'envoyai faire de ma part des complimens aux Cacouacs les plus distingués. Je sortis l'après-midi. J'allai aux lieux où se tenoit la bonne compagnie ; partout on se levoit pour me faire honneur. On n'étoit occupé que du jeune étranger qui avoit parlé avec tant de raison et d'éloquence. Je continuai à briller ; les idées m'étoient venues ; mais, si quelquefois elles me manquoient, j'avois de grands mots à mettre à leur place, et j'observois que c'étoit alors que l'on applaudissoit le plus vivement. Dès le soir on m'envoya deux odes à ma louange, et quelques poètes cacouacs me firent demander l'honneur d'assister le lendemain à ma toilette.

Je passai ainsi trois jours à cōnvērser avec les Cacouacs, à lire leurs écrits, à m'instruire de leurs mœurs, enfin à me former une idée juste de cette nation. J'ai dit plus haut tout ce qui m'en est resté.

Le quatrième jour, dès le lever du soleil, le vieillard qui m'avoit rendu visite tous les matins, se présenta à la porte de ma tente. Il étoit vêtu d'une étoffe grossière. Ses cheveux étoient mal peignés, et ses mains crasseuses. Deux jeunes Cacouacs qui l'accompagnoient étoient vêtus et parés à peu près de la même manière. Il m'appela ; je sortis de ma tente pour le prier de vouloir bien attendre que j'eusse achevé de me faire habiller. « Mon fils, me dit-il, le temps de ta préparation est achevé. Tu vas goûter les plaisirs les plus dignes de l'homme. Tu vas devenir un véritable Cacouac. Tu connoîtras la nature : ses trésors vont s'ouvrir à ta vue. Songe désormais à soutenir la gloire de notre nom. Elle sera la tienne propre. Elle n'est fondée ni sur l'élévation des dignités, ni sur le faste de l'opulence. Laisse là le soin de ta parure. Que tout ton extérieur affiche la modestie, la simplicité, la pauvreté même. La singularité de ton habillement, et jusqu'à l'épaisseur de la semelle de tes souliers doivent annoncer que tu n'es point un être ordinaire. Si les imaginations sont une fois frappées de l'idée de ton mérite, tu ne peux trop affecter de dédaigner les bienséances communes. Cache-toi alors pour être mieux découvert. Il faut fuir les hommes si l'on veut en être recherché. Ils sont si fort accoutumés à mépriser ceux qui leur ressemblent, qu'un vrai Cacouac ne doit ressembler qu'à lui-même. »

Quand le vieillard ne m'auroit pas dit tout cela, son extérieur dégoûtant eût suffi pour m'apprendre qu'il alloit être question des plus grandes choses. Après l'avoir écouté, j'eus bientôt fini ma toilette; et pour surpasser, s'il se pouvoit, mon guide, je dis à Valentin que je ne serois rasé de huit jours. Je pris son habit qui étoit d'un drap fort épais, et j'envoyai chercher une perruque brune qui avoit au moins dix ans. Chaussé avec de gros bas de laine, je pris un bâton à la main, et je parus aux yeux du vieillard dans la douce espérance de n'être plus désormais occupé que de mes qualités intérieures, et avec le plaisir d'imaginer que les hommages dont je serois l'objet ne s'adresseroient uniquement qu'à la supériorité de mes talens, et à la sublimité de mes connoissances.

Les deux acolytes qui suivoient mon vénérable Cacouac entrèrent dans ma tente après que j'en fus sorti; ils prirent les deux cassolettes, y mirent des pastilles, et marchèrent gravement à côté de nous. Les rues du camp étoient remplies d'une foule de peuple qui nous admiroit. Les femmes nous suivoient des yeux, les hommes se prosternoient pour nous saluer. Nous marchâmes lentement pour nous laisser voir; et nous arrivâmes, après une demi-heure, à l'arsenal des Cacouacs, ou plutôt au magasin de toutes leurs richesses.

C'étoit une vaste et magnifique tente de satin brodé partagée en deux appartemens, ou plutôt c'étoient deux tentes réunies qui ne composoient qu'un seul corps, et qui communiquoient l'une dans l'autre. Les rideaux intérieurs de la première étoient de couleur d'azur ; on y voyoit en broderie, et sous des figures allégoriques, les sciences, les arts, les plaisirs, les amours. La géométrie y étoit représentée en reine, portant sa tête dans les cieux, et mesurant de son compas un monde que la physique construisoit auprès d'elle : celle-ci paroissoit jeter dans le vide des noyaux de verre, qu'une foule de génies venoient ensuite couvrir d'eau et de poussière. Plus loin on voyoit la morale assise aux pieds de la nature ; elle avoit la tête nonchalamment penchée sur des pavots ; des règles de toute espèce, et les mesures de tous les pays étoient pêle-mêle sur ses genoux ; d'une main elle appeloit les plaisirs, et de l'autre elle montroit à l'amour mille fleurs qu'elle l'invitoit à parcourir. Celui-ci, dans un autre endroit, brisoit les chaînes de l'hymen, et lui attachoit des ailes ; il paroissoit sourire en voyant des animaux se caresser ; et sous ses pieds on voyoit écrit en lettres couleur de feu : *Il n'y a de bon que le physique.* Sur un autre rideau on voyoit groupées ensemble la musique, la danse, la tragédie. La première avoit dans la physionomie quelque chose de fier et de brusque. La danse et la tragédie paroissoient occupées à se donner des leçons. La première exécutoit une action théâtrale ; la seconde apprenoit de la danse le geste des mains et le mouvement de la tête. « Tant il est vrai, disois-je en moi-même, que les Cacouacs se font un devoir de faire entrer par les sens les vérités les plus sublimes, et de toujours plaire en instruisant ! »

J'admirai d'abord cette variété de figures, dont l'élégance me charmoit. Mon guide avoit pendant ce temps-là les regards fixés sur une table longue, couverte d'instrumens de mathématiques, de globes et de différens papiers qu'il me paroissoit parcourir des yeux avec l'attention et la complaisance d'un père de famille qui fait la revue de ses richesses. Les deux jeunes gens m'avertirent de faire d'abord le tour de cette table. Ils doublèrent la dose de l'encens, et marchèrent à mes côtés. J'étois environné d'une fumée odoriférante à travers laquelle je ne laissois pas d'apercevoir plusieurs projets d'ouvrages qui vraisemblablement devoient exercer les talens des laborieux Cacouacs qui, trois fois par semaine, s'assembloient dans cette salle. C'étoit là, me dit-on, le foyer où devoient se réunir tous les rayons du feu élémentaire : c'étoit aussi là le centre d'où ils devoient ensuite se réfléchir pour éclairer l'Univers. Je lus, en passant, quelques-uns de ces papiers merveilleux. Je trouvai écrit sur l'un : *Système d'histoire universelle, sur lequel l'auteur arrangera les faits, et où il se proposera uniquement d'établir que l'homme est un animal sot et malfaisant ; que presque tous les princes ont été des vauriens, et les hommes d'Etat des fripons.* J'en vis un dont le titre étoit :

Nouvelle fabrique d'un monde à la comète. Sur un autre je lus ces mots : *Traité des Règnes animal et végétal, et du développement successif de leurs élémens éternels* (1), *dans lequel on se proposera de prouver qu'il est possible que l'embryon formé de ces élémens ait passé par une infinité d'organisations, et ait eu par succession du mouvement, de la sensation, des idées, de la pensée, de la réflexion, de la conscience, des sentimens, des passions, des signes, des gestes, des sons articulés, une langue, des lois, des sciences et des arts.*

Ce dernier titre me fit peine. J'adressai la parole au vieillard, et je lui dis : « Mon père, je conçois à merveille comment un élément matériel vient, à force de mouvement et d'organisations, jusqu'à acquérir une *conscience*, et même une *conscience* timorée. Mais en démontrant tout cela possible, il me semble aussi que l'on démontrera possible qu'il n'y a point de Dieu, ou ce qui revient au même qu'il n'y en a point d'autre que cette matière élémentaire, éternelle et éternellement en mouvement. Or l'existence d'un Dieu, cette vérité de mon pays, est une vérité précieuse à bien d'autres nations. Vous allez alarmer l'univers, et moi-même je sens que je ne puis déraciner de mon âme l'idée que j'ai toujours eue d'une divinité intelligente et bienfaisante. »

---

(1) Voyez *les Pensées sur l'interprétation de la nature*, pag. 191.

Le vieux Cacouac fronça le sourcil, et me répondit gravement : « Jeune homme, réfléchis avant d'interroger tes maîtres. Nos sages ne démontreront que la possibilité et non le fait. Mais quand tu seras rempli de nos lumières, tu verras que l'objection que tu viens de me faire, est la seule que le vulgaire ignorant puisse opposer à cette sublime hypothèse (1) : au reste nous ne prétendons point t'arracher sur le champ toutes les erreurs de ton enfance ; elles doivent tomber d'elles-mêmes, comme la dépouille du serpent le quitte au printemps. Continue de lire, peut-être trouveras-tu des choses qui surpasseront moins ta foible portée. » Dans ce moment mes deux guides éclatèrent de rire d'une façon assez insultante pour moi.

Cet air railleur, et le ton de supériorité qu'avoit pris le vieillard m'humilièrent un peu ; mais la cassolette me calma. Je continuai de parcourir la table, et je vis tout au bout dans un coin une autre feuille sur laquelle je lus : *Plan d'une religion universelle à l'usage de ceux qui ne peuvent s'en passer, et dans laquelle on pourra admettre une divinité, à condition qu'elle ne se mêlera de rien.* Je dois l'avouer ici, la fumée du parfum m'avoit tellement monté à la tête que je trouvai cette merveilleuse idée la plus satisfaisante de toutes. Le vieillard s'aperçut de l'approbation que je donnois à ce que j'avois lu, et dit

____

(1) Voyez *les Pensées sur l'interprétation de la nature*, p. 153, 154 et suiv.

tout haut : « Mon fils, recueillez en vous-même toutes les facultés de votre âme. Que vos *sensations, qui sont le moule de toutes vos idées* (1), s'anéantissent un moment pour faire place à la grande et vigoureuse sensation qui va renouveler votre être. » Il dit, et, me prenant d'une main, il soulève de l'autre le voile qui séparoit la tente où nous étions d'avec celle où il me conduisoit. Nos deux compagnons restèrent derrière nous. Le vieillard et moi nous entrâmes seuls. Il s'arrête et me laisse observer un moment cette seconde enceinte.

Elle étoit de satin blanc et sans broderie. La terre y étoit jonchée des débris d'une foule de livres qui avoient été mis en pièces. C'étoit, me dit-il, les dépouilles des erreurs et des préjugés vaincus. J'y lus des noms que le monde entier étoit accoutumé à respecter; les histoires les plus anciennes et les plus authentiques, les philosophes les plus renommés. Je soupirai malgré moi d'avoir appris tant de choses qu'il me falloit oublier.

C'étoit sur de pareils trophées que s'élevoit une table carrée, couverte d'un tapis de velours cramoisi ; aux quatre coins fumoit dans des cassolettes d'or un parfum plus agréable encore que celui dont j'avois jusque là respiré l'odeur.

Sur cette table, et au milieu des cassolettes étoient rangés sept coffres d'un pied de long sur

____

(1) *Lettre sur les Aveugles*, pag.58.

un demi-pied de large, et sur un pouce et demi
d'épaisseur. Ils étoient revêtus d'un maroquin
bleu, et ne paroissoient distingués l'un de l'autre
que par les sept premières lettres de l'alphabet,
que l'on y voyoit formées par des lignes de petits clous de diamant. Chaque coffre avoit sa
lettre qui lui paroissoit servir d'étiquette. J'ad-
mirois et j'attendois l'explication de ces sym-
boles mystérieux, lorsque le vieillard rompit le
silence par ces mots.

« O nature! ô mère féconde des vérités, des
vertus et des plaisirs! il est temps que tu règnes
sur l'homme comme sur tout ce qui vit et qui
végète. Il est le seul qui ait voulu secouer ton
joug et méconnoître ton empire. Il a eu l'orgueil
de se croire l'objet de tes complaisances, et il
s'est écarté de ton but. Achève, ô nature, de
perfectionner ces monumens élevés à ta gloire.
Continue d'illuminer les sages qui doivent renouveler l'univers. Que leurs travaux célèbres
réunissent ici les vérités de tous les lieux, de tous
les âges et de tous les tempéramens. Que leur
nom soit éternel comme toi, et que par leurs soins
bienfaisans les hommes méritent un jour de te
connoître et de parvenir au bonheur dont tu vas
faire jouir cet étranger. »

Lorsqu'il prononçoit ces paroles, ses yeux
étoient enflammés, son visage se troubloit, et sa
voix avoit je ne sais quoi de rauque et de majes-
tueux. A peine eut-il fini, qu'il monte sur l'es-
trade qui soutenoit la table; il m'appelle, je le
suis avec une confiance mêlée de vénération et de

crainte. Il ouvre alors avec respect deux ou trois des coffres que j'avois devant les yeux. J'y observois avec surprise un assemblage confus des matières les plus hétérogènes; de la poudre d'or mêlée avec la limaille du fer et les scories du plomb; des diamans à demi cachés dans des monceaux de cendres; les sels des plantes les plus salutaires confondus avec les poisons les plus funestes. Je disois en moi-même : « Ce sont là sans doute les résultats du mélange de tous les élémens. Je vais voir ici la matière vivante, les molécules organiques, les moules et les limites de l'énergie. » Je n'eus pas le temps de réfléchir davantage. Le Cacouac, après m'avoir regardé fixement, se baisse sur le petit coffre qui étoit vis-à-vis de moi, et me souffle dans les yeux la poudre qui devoit m'élever à la perfection qui m'étoit promise.

Je ne sais s'il me sera possible d'exprimer ce qui se passa en moi-même, et je ne puis le rendre que par des images imparfaites. Je perdis pendant quelques momens l'usage de la vue, et, dans cet intervalle, il me sembla que tout ce qui restoit encore de mes vieilles idées se détachoit de mon cerveau. Je sentois le chaos se former et se débrouiller dans ma tête, et mon âme brûler d'un feu que je n'avois point encore éprouvé : l'idée principale, celle qui me parut remplacer d'abord toutes les autres, fut celle de ma propre excellence. Elle étoit comme le fond du tableau, et ce fond étoit vaste ; car il me sembloit que mon esprit s'étendît en surface à l'infini, et que les objets s'y peignissent avec une rapidité dont

j'étois étonné. Je crus que toutes les sciences venoient s'y ranger dans l'ordre qu'elles devoient
tenir entre elles ; à mesure qu'elles se plaçoient
mon trouble diminuoit, je me trouvois pénétré
de reconnoissance pour la nature qui m'avoit
fait un être beaucoup plus parfait que mes semblables ; je me fusse cru élevé au-dessus de l'hu-
manité même, sans le fonds de bonté que je re-
trouvois dans mon propre cœur, et cette pitié
généreuse que je me sentois encore pour le reste
du genre humain ; enfin j'ouvris les yeux.

Quel fut alors mon étonnement de ne plus
voir ni la table, ni les petits coffres, ni la tente
où tout s'étoit passé, et d'apercevoir seulement
mon guide, dont la taille me paroissoit augmen-
tée de plus de soixante pieds ? cependant ma
tête étoit vis-à-vis de la sienne. Je m'envisage
moi-même, j'ai peine à en croire mes yeux, je
me trouve d'une grandeur gigantesque, et je me
sens la légèreté d'une plume. Je porte mes regards de côté et d'autre, je retrouve tous les Cacouacs que j'avois vus la veille. Je discerne leurs
traits, j'entends leurs voix, ils viennent me féli-
citer. Hommes et femmes, tout me paroissoit
avoir crû dans la même proportion ; cependant à
peine touchions-nous la terre ; le moindre mouvement, un saut léger portoit notre tête jusqu'aux nues.

« Tu vois, s'écria le vieillard, l'effet de l'étude
de la nature. C'est elle qui nous élève au-dessus
du vulgaire ; c'est elle qui met l'univers aux
pieds des sages. Ne t'informe point si cette gran-

deur est réelle ou imaginaire; il suffit pour ton bonheur que tu te croies grand, et pour ta gloire que les autres aient de toi la même opinion. Tu détruiras les préjugés; tu feras la guerre aux erreurs; tu extermineras tous les principes que les faibles humains se sont formés, ou ont cru trouver dans leur cœur. Ton devoir est désormais de leur prouver qu'ils ont été dupes ; affermis-toi dans le mépris qu'ils méritent. Ils t'en estimeront davantage. Tu peux planer dans les airs. Considère l'univers du haut de ta grandeur, et ne te rabaisse jamais que pour fondre sur les erreurs, comme l'aigle fond sur sa proie. » Il dit, et s'éloigne de moi.

Je levai les yeux ; mes regards s'étendoient sur un vaste horizon proportionné à ma taille. Je m'élançai dans les airs, rien n'échappoit à ma vue. J'apercevois des Etats entiers, et les sociétés humaines étoient pour moi de misérables fourmilières. Que voyois-je en effet? Des rois qui commandoient à des peuples, et usurpoient sur leurs sujets ces droits que s'arrogeoient les premiers pères de famille sur leurs enfans. Je disois avec emphase : « Qui a donné à cet individu l'autorité qu'il exerce sur tant de millions d'hommes? Où est le titre de cette convention? Il doit cependant exister, ou (1) leur droit seroit imagi-

---

(1) Voyez Locke , *du Gouvernement civil*; le mot *autorité*, *Diction. Encyclopéd.*, premier vol. , avant l'arrêt du conseil qui le supprime. *Discours sur*

naire. Comment ces malheureux animaux que l'on attache au joug ont-ils oublié que leur liberté est imprescriptible comme celle des lions? Aveugle et misérable genre humain! tu te vantes d'être destiné à la société, et tu n'es né que pour l'esclavage. » (1)

Plus loin, je voyois des souverains qui, après des guerres longues et cruelles, faisoient des traités, et s'occupoient du soin de rétablir la paix. « O nature! m'écriois-je, comment tes enfans se sont-ils éloignés si follement de l'état heureux où tu les avois placés? Mère bienfaisante! en faisant l'homme sauvage, *tu avois écarté de lui toutes les misères dont il est susceptible ;* il a voulu vivre avec ses semblables, et il est devenu malheureux. *C'est la société qui porte nécessairement les hommes à s'entre-haïr* (2). *La raison de chaque particulier lui dicte des maximes directement contraires à celles que la raison publique prêche au corps de la société..... Dans cet état de choses, les hommes sont forcés de se caresser et de se détruire mutuellement, ils naissent ennemis par devoir et fourbes par intérêt ; la raison publique de l'univers les porte à faire des traités ; la raison particulière de chaque état les porte à les violer.* »

____

l'inégalité des conditions, pag. 156, 157, 158, 159 et suiv.

(1) *Discours sur l'inégalité des conditions*, pag. 147 et 148.

(2) *Discours sur l'inégalité des conditions*, note 7.

Il n'est pas nécessaire que j'avertisse ici que j'etois alors *sous le charme* (1), et dans le plus fort du délire. Cette idée, qui m'a souvent humilié depuis, m'empêchera de rendre un compte détaillé de tout ce qui m'arriva dans cet état de folie. Il seroit peu décent d'entretenir ici mon lecteur de cent visions ridicules que je ne me rappelle aujourd'hui que comme on se retrace un rêve long et fatiguant.

Si, pendant tout le temps qu'il a duré, je n'ai commercé qu'avec des Cacouacs, je n'ai point ici d'excuses à demander; car si mes réflexions étoient absurdes et mes expressions insolentes, elles ne cédoient rien à celles qui étoient tous les jours dans la bouche des principaux de la colonie. Mais si ces enchanteurs m'ont réellement conduit ailleurs, si j'ai malheureusement parlé devant quelque homme sensé, ou devant quelque honnête citoyen, je ne craindrai point de leur demander ici pardon de toutes les impertinences que je puis avoir dites en leur présence.

Si, par exemple, j'avois mis les princes qui n'ont point adopté les idées des Cacouacs dans la classe du *Vulgaire des Rois* (2); si j'avois débité que ce n'est qu'aux Cacouacs qu'est dû l'hommage du genre humain, par cette raison admirable *que c'est à celui qui connoît l'univers, et non à celui qui le défigure, que les hommes doi-*

---

(1) *Entretien* à la suite *du Fils naturel.*

(2) Expression familière aux cacouacs.

vent porter leurs respects (1); si en partant de là
j'avois placé mes nouveaux amis au-dessus même
des souverains; si j'avois assuré que ce que les hommes ont toujours eu de plus sacré, n'est qu'un amas
de préjugés et de superstitions qui devoit faire
place à la lumière que nous étions destinés à répandre, je reconnoîtrois humblement qu'en ré-
pétant tous ces discours si familiers à mes confrères, j'ai dit autant de sottises qui auroient
mérité une punition réelle, si l'on n'eût eu aucun
égard à l'aliénation de mon esprit.

Après cette déclaration modeste, je ne craindrai point d'avouer que, tant que dura mon ivresse
magique, je ne pensai ni à mes parens, ni à mes
amis, ni à mes anciens concitoyens. Absolument
indifférent sur les liens qui m'avoient autrefois
attaché à ma patrie, je n'en connoissois plus
d'autre pour moi que l'univers entier. Je me
croyois bonnement destiné à l'éclairer, à le conduire, à le réformer; j'avois totalement oublié
tous mes devoirs particuliers, et je n'envisageois
plus que ce devoir général. Je ne pouvois être
assez étonné que les Cacouacs n'eussent point
encore été chargés de l'administration d'aucun
Etat. J'espérois même que le genre humain,
connoissant un jour ses besoins, et abdiquant ses
préjugés, viendroit prier cette nation bienfaisante de rétablir dans l'univers la liberté et l'éga-
lité que tant de lois injustes en avoient bannies.

____

(1) *Mélange de littérature, d'histoire,* etc., ch. 33.

Mon temps se partageoit entre les plaisirs de toute espèce et les entretiens brillans que j'avois avec les plus habiles Cacouacs. Souvent je voyageois avec eux ; il me sembloit que, notre agilité prodigieuse égalant en quelque façon la vivacité des mouvemens de notre âme, nous nous transportassions en un moment dans les pays les moins connus de l'univers. C'étoit là que nous découvrions mille petits faits ignorés du reste des hommes, et par lesquels nous espérions détruire un jour la créance universelle accordée aux grands événemens que toute la terre atteste ; car nous ambitionnions surtout la gloire de détruire.

C'étoit dans ce généreux dessein que nous avions soin de recueillir précisément ce qu'il y avoit de plus ridicule dans quelques usages ou dans quelques maximes de certains peuples. Nous commencions par chercher à concilier de la faveur et du respect aux erreurs les plus grossières ; nous voulions les faire regarder comme aussi solidement appuyées que les principes dont la vérité, ou est reconnue par tous les hommes, ou est attestée par les monumens les plus authentiques. C'étoit à côté de ces grandes maximes que nous mettions une foule de contes apochryphes et dignes de mépris : nous en construisions une espèce d'édifice que nous savions bien qu'il nous seroit facile de renverser, persuadés en même-temps qu'il entraîneroit par sa chute la ruine des principes sur lesquels les hommes de tous les temps et de tous les lieux ont posé les fondemens de leur société. Une noble entreprise charmoit surtout notre ambition, c'étoit de faire tomber à la fois toutes les religions de l'univers. La véritable nous embarrassoit beaucoup ; mais nous nous flattions de la faire perdre de vue dans la foule des superstitions qui caractérisoient toutes les autres. Dans cet illustre projet, les Cacouacs ne se croyoient point encore assez sûrs de leur magie, et ils étoient bonnement convenus d'employer le mensonge et la mauvaise foi. Comme j'ai dit plus haut qu'ils me paroissoient persuadés de leur système, leur conduite ne laissoit pas de me surprendre ; car malgré l'enchantement, je n'ai jamais pu comprendre que l'on fût obligé de mentir hardiment pour détruire des erreurs.

Quoi qu'il en soit, les rôles étoient partagés entre les principaux Cacouacs ; chacun avoit son travail qui lui étoit assigné, et tous devoient concourir au but général. Le vulgaire n'étoit destiné qu'à applaudir, et à débiter les grandes phrases de ses maîtres : pour les illustres de la colonie, voici à peu près comment ils avoient distribué entre eux l'usage qu'ils devoient faire de leurs talens.

L'un s'étoit proposé de démontrer à l'univers que rien n'est moins nécessaire que l'existence d'un Dieu, et qu'absolument parlant, le monde pouvoit très-bien se passer d'un être créateur et conservateur. Il ne falloit pour cela que des élémens éternels et du mouvement, l'un et l'autre nécessaires. Cela une fois supposé, ce qui n'étoit pas plus difficile que de supposer un Dieu, le monde alloit tout seul; la circulation du sang dans un ciron, le développement des germes dans une plante, et les remords qui tourmentent le scélerat avoient absolument la même cause. Ce n'est pas qu'il ne fût possible qu'il existât un Dieu, mais ce n'étoit pas la faute de l'homme s'il n'avoit aucune preuve certaine de son action et de son influence.

Quelque imbécille eût pu trouver étonnant qu'un mouvement aveugle eût produit tant de merveilles et tant d'arrangemens aussi sensés, qu'il eût, par exemple, placé des dents sur le passage des alimens, qu'il eût mis les yeux de l'homme au-dessous de son front et non à ses talons, ses mains au bout de ses bras et non à son oreille. Aussi un autre Cacouac étoit chargé de mettre en parallèle, avec ces preuves d'une intelligence supérieure, tous les maux qui affligent l'homme et tant d'effets singuliers dont il n'aperçoit point la destination. De ce que l'on ne conçoit pas tous les ouvrages de la sagesse divine, il devoit conclure habilement qu'elle n'existe pas.

Le travail d'un autre avoit pour objet de trouver dans l'histoire des preuves de ce système si utile; il recueilloit des faits et prouvoit que le hazard le plus aveugle avoit conduit tous les événemens. Il avoit fait une liste magnifique de tous les scélérats qui avoient vécu dans la prospérité et qui étoient morts tranquilles. Il leur opposoit le catalogue d'une foule de bons rois qui avoient été infortunés, et de gens de bien qui avoient péri de misère. S'il avoit à parler

des guerres entreprises par un souverain, il sa-
voit observer judicieusement que la seule qu'il
eût eu de justes raisons de soutenir avoit été
la seule malheureuse (1) : on eût peut-être
objecté que tout devoit être compensé dans
une autre vie. Mais notre savant Cacouac avoit
réponse à tout ; l'âme des bêtes qu'il ne connoissoit point devoit lui fournir des preuves
sans réplique de la matérialité de la sienne propre. Il devoit convaincre tous les hommes qu'ils
n'étoient que de pures machines, qu'un enfant
et un petit chien se ressembloient à merveille (2),
et qu'entre une taupe et Archimède, il n'y avoit
d'autre différence que celle du plus ou du moins
de finesse des organes.

Ce même cacouac (car c'étoit un homme universel, et le plus laborieux de tous), avoit promis
à sa nation que, s'il ne pouvoit détruire l'idée de
la divinité, il anéantiroit du moins les preuves
de la révélation. Pour réussir dans ce dernier
projet, il avoit une méthode admirable. Il ra-
massoit les contes des Indiens, les fables anciennes
et modernes, les absurdités du Mahométisme ;

---

(1) *Essai sur l'Histoire générale.* Le même auteur,
pour prouver que le monde est gouverné par une
fatalité aveugle, remarque judicieusement que l'empire ottoman, qui avoit pu attaquer l'empire d'Allemagne pendant la longue guerre de 1701, attendit la
conclusion totale de la paix pour faire la guerre contre
les chrétiens.

(2) Voyez le même auteur, *Mélange de littérature,
de philosophie et d'histoire.*

tout lui étoit bon. Il affectoit de donner un air de raison à toutes ces folies, qu'il plaçoit gravement à côté de la religion chrétienne, sur laquelle il cherchoit à jeter le ridicule (1). Il ne lui en coutoit rien pour prêter à celle-ci beaucoup d'absurdités ; car je l'ai dit , on étoit convenu dans la colonie que l'on pourroit mentir. Restoit à détruire les preuves de fait : notre vénérable les nioit toutes, et cela lui suffisoit. Les titres les plus authentiques , les histoires les plus anciennes , les monumens les plus incontestables échappés à la ruine des temps, tout devoit être brûlé , oublié, compté pour rien. Cette religion qui a triomphé de toutes les autres, s'étoit établie comme toutes les sectes de philosophie , sans la moindre contradiction. Déce et le sage Dioclétien avoient favorisé ses progrès. L'illustre cacouac ne doutoit point que tout l'univers ne dût l'en croire sur sa parole, et qu'un sage qui avoit si bien prouvé qu'un grain de matière peut se rappeler le passé et prévoir l'avenir, ne dût anéantir par son souffle tout puissant les faits les plus certains.

Un autre se joignoit à cet infatigable ouvrier. Il faisoit jour et nuit des expériences pour prou-

---

(1) Je ne sais où l'on lit qu'en Egypte un fou s'avisa un jour d'amasser autour de la plus belle des pyramides une prodigieuse quantité de fagots ; il y mit ensuite le feu : quand ils furent réduits en cendre, il se frottoit les yeux, et étoit tout surpris de voir encore la pyramide.

ver que les lois du mouvement ne s'accordent point avec la religion révélée. Il n'avoit garde d'appeler des témoins pour observer ses travaux. Mais il disoit : « Une religion appuyée sur des faits ne tiendra jamais contre mes découvertes. Les hommes ont beau dire *j'ai vu*, je ne dois point les croire, si ce qu'ils ont vu est inconciliable avec les résultats que me fournit la chimie; car mon alambic est une machine plus sûre que leurs yeux. »

Je ne finirois point, si je voulois rapporter en détail toutes les occupations des principaux de cette nation, et j'aurois trop à rougir, si j'avouois ici les miennes. J'observerai seulement que la preuve la plus forte que je puisse donner de la magie qui m'avoit aliéné l'esprit, est que pendant plus de six mois je crus tout ce que me dirent les Cacouacs, je suivis leurs usages, et j'adoptai leurs mœurs.

Cependant, soit que le vieillard, qui n'avoit ouvert que deux ou trois coffres, ne m'eût point soufflé assez de poudre dans les yeux, soit que mon âme fût d'une autre trempe que celle des Cacouacs, au bout de six mois je sentis quelque vide au fond de moi. Peut-être le charme commençoit-il à se dissiper de lui-même. Il me sembloit que mon esprit augmentant en surface eût laissé évaporer la substance qui eût dû y entretenir pour toujours la chaleur et la vie. « Il y a long-temps, me dis-je un jour à moi-même, que je suis devenu cacouac. J'ai perdu des vérités qui m'avoient soutenu, qui m'avoient paru être le lien de toutes les sociétés, et gravées dans mon cœur comme dans celui de tous les hommes. Je me trompe; ces vérités étoient autant de préjugés de mon enfance. C'étoient des contes de ma nourrice. Mais où donc est-elle cette vérité dont le nom retentit chaque jour à mon oreille? Ce n'est ici qu'un mot vide de sens. C'est une ombre que je veux saisir et qui m'échappe : on m'a tout ôté; qu'a-t-on mis à la place? Je croyois des mystères attestés par le monde entier ; on y a substitué d'autres mystères beaucoup plus incompréhensibles, et dont je n'ai pour garant que la foi des Cacouacs, qui m'ont enlevé à mes parens. » A peine eus-je fait cette réflexion, qu'il me sembla que je décroissois de quinze pieds, et que le même changement se faisoit dans tous ceux qui m'environnoient

Ce phénomène me surprit étrangement. Il augmenta ma défiance. Je voulus voir tous les Cacouacs en particulier, et leur demander quelque vérité qui fût à mon usage, et me tenir lieu de quelque chose. J'ai dit en commençant qu'ils en étaloient de toutes les espèces ; mais lorsqu'il fut question de choisir ce qui me convenoit, je ne trouvai qu'embarras, difficultés, incertitude. Ce que l'un me donnoit pour une vérité, l'autre le critiquoit comme une absurdité ridicule. Les Cacouacs se disputoient avec chaleur et même avec aigreur dès qu'il s'agissoit de convenir de quelque chose, et je voyois avec quelque honte, et même avec un peu de chagrin, que depuis qu'ils m'avoient naturalisé, ils ne s'étoient en-

core accoraés que sur la nécessité de tout anéantir.
Lorsque j'eus fait cette triste expérience, je trouvai encore ma 'taille diminuée de quinze pieds, il ne m'en restoit plus que trente de soixante que j'avois auparavant. Je résolus en moi-même de m'échapper un jour et de voyager seul ; bien résolu de revenir au camp, si je ne trouvois pas mieux; car au défaut de vérité j'y avois au moins des plaisirs.

J'avois formé cette résolution lorsque les Aléthophiles, cette nation dont j'ai parlé plus haut, déclarèrent la guerre aux Cacouacs par un héraut d'armes qui me parut un Pygmée. On reçut ce député avec de grands éclats de rire; on le menaça de le donner aux enfans pour leur servir de poupée; et cependant on donna des ordres pour que chacun prît les armes.

Je n'avois pas une passion bien violente de me battre pour un peuple dont j'avois quelque sujet de me défier, et dont je me dégoûtois peu à peu. Lorsque nos troupes furent asssemblées, je m'y trouvai à peu près comme un saxon dans celles du roi de Prusse. Cependant le combat me paroissoit devoir être si inégal, que je ne craignois point le danger, et que je doutois encore moins de la victoire.

Nous sortîmes du camp; nous nous rangeâmes en bataille, et nous ne fûmes pas long-temps sans apercevoir un détachement des Aléthophiles qui marchoit à nous. Notre armée s'ébranla, et l'ennemi nous attendit avec une sécurité dont je fus effrayé pour lui. Nos trompettes faisoient un tracas épouvantable. Les ennemis nous répondirent par leurs cris ; ils gardèrent ensuite le silence le plus profond. Mais à peine étions-nous à leur portée que leur détachement se dispersa. Nous crûmes qu'ils alloient prendre la fuite, et les Cacouacs crièrent victoire. Mais ce dispersement des Aléthophiles étoit une preuve de leur confiance. Ils se répandirent dans la campagne, nous environnèrent et tirèrent tous à la fois ce petit instrument dont j'ai déjà fait mention. Un sifflement universel et fort aigu vint frapper nos oreilles.

Je n'oublierai jamais ce moment ; en un clin d'œil il me sembla que tous les Cacouacs et moi-même nous tombassions de vingt-cinq pieds de haut. Je me vis plus petit même que ces soldats qui, un instant auparavant, étoient l'objet de notre mépris et de ma pitié. Ce n'est pas tout, notre armée se débanda en même temps. Tous les Cacouacs se mettent à fuir, les uns vers le camp, les autres dans la campagne. Je courois moins vite qu'eux. Il sembloit que l'étonnement m'eût ôté toute mon activité. Je fus bientôt atteint par deux Aléthophiles, qui me firent leur prisonnier. « Jeune étranger, me dirent-ils, nous n'en voulons ni à ta vie ni à tes biens. Il y a trop long-temps que tu es la dupe de l'illusion, il n'est pas juste que tu en sois un jour la victime. Suis-nous ; nous te rendrons à ta patrie, à tes amis, à tes devoirs. »

Hélas ! je me sentis alors si honteux de tout ce qui m'étoit arrivé que je répondis, en détournant les yeux : « Qui que vous soyez, je vous regarde comme mes libérateurs ; je suis prêt à me laisser conduire. Permettez-moi seulement de rentrer dans le camp pour y reprendre les effets que j'y ai laissés, et pour y demander des nouvelles d'un fidèle domestique qui est sans doute encore au pouvoir de ces enchanteurs. »

A ce mot d'*enchanteur*, un des deux soldats se mit à rire : « Plaisant enchantement, me dit-il, qu'il est si facile de détruire ! Au reste, si tu crains si fort la magie des Cacouacs, nous ne voulons pas que tu retombes dans leurs pièges, et nous t'accompagnerons jusqu'à leur camp : prends ce sifflet, et ne crains rien. »

Nous marchâmes, et, dans le chemin, mes nouveaux guides m'apprirent la nature du charme que j'avois éprouvé. Ils le connoissoient mieux que personne, et c'est pour cela qu'ils avoient trouvé le moyen de le lever. Une chose m'embarrassoit seulement, c'étoient les voyages que j'avois cru faire dans je ne sais combien de pays inconnus. J'appris que ces voyages n'avoient rien de réel ; que les Cacouacs, qui étoient toujours restés les mêmes pendant tout le temps que je m'étois cru un prodige, avoient le talent de faire ainsi voyager leurs prisonniers, au moyen de certaines feuilles qu'ils leur mettoient devant les yeux, et sur lesquelles on avoit gravé tout ce que je croyois avoir vu dans les différentes parties du monde.

Au bout d'un quart d'heure nous arrivâmes au camp. Nous le trouvâmes désert, soit que la peur eut empêché les Cacouacs d'y rentrer, soit que, voyant de loin deux Alétophiles, ils craignissent encore quelque coup de sifflet et se fussent cachés. J'aperçus bientôt ma tente, nous y entrâmes. Les cassolettes ne fumoient plus; les roses étoient flétries; le livre étoit dans la boue et rongé des vers. Je cherchai mes petits meubles et mon argent, je ne trouvai rien; je cherchai encore. Enfin j'aperçus sur ma table une lettre à mon adresse; elle étoit de l'écriture de Valentin. Je l'ouvris, et voici ce que j'y lus :

« Mon cher Maître,

» Tous les êtres vivans sont égaux par la nature, et ont le droit aux mêmes biens; c'est par une convention libre que les hommes se sont obligés à ne se point dépouiller les uns les autres. La justice n'est fondée que sur l'intérêt; le grand et l'unique mobile de nos actions est l'amour de soi-même, et la loi fondamentale de la société est (1) de faire son propre bien avec le moindre mal d'autrui qu'il est possible. Or, mon cher Maître, j'ai besoin de votre argent : en l'emportant avec moi, je ne vous fais précisément que le tort inséparable de mon bien-être. Je vous le vole en votre absence; j'aurais pu le ravir en

____

(1) Toutes ces maximes sont tirées des ouvrages des Cacouacs, et la dernière est prise mot à mot dans *le Discours sur l'inégalité des conditions.*

vous égorgeant : mais un véritable Cacouac ne fait jamais de mal à ses semblables que lorsqu'il y est forcé pour son propre bien. Au surplus, comme je veux être juste, je renonce très-librement à tous les avantages qui pouvoient me revenir de la convention sur laquelle est fondée la société : je décharge dès aujourd'hui le genre humain de toutes les obligations qu'elle lui impose envers moi. Je pars pour l'Allemagne, et si vous pouvez me voler ou me faire pendre, je vous le permets de tout mon cœur. Daignez agréer un petit présent que je vous fais en partant, et qui vaut pour le moins votre montre et votre tabatière que j'ai cru ne point devoir séparer de votre bourse. Ce gage que je vous laisse de ma reconnaissance est un ouvrage de ma composition. Je l'ai déposé dans le magasin des sciences et des arts. Il est intitulé : *Nouvelles découvertes sur la tragédie, ou l'Art de composer de très-belles scènes de grimaces.* Cet écrit vous prouvera que, pour avoir étudié ici les sciences utiles (1), je n'ai pas négligé pour cela les talens agréables.

» Je suis avec le plus profond respect,

» Mon cher Maître,

» Votre etc,

» *signé* le Cacouac VALENTIN. »

____

(1) Valentin avoit appris à mentir chez les Cacouacs. J'ai su depuis que l'ouvrage qu'il s'attribue dans cette lettre n'étoit point de lui, mais d'un des plus illustres de la colonie.

Je gémis lorsque je lus cette épître singulière, et je regrettai sincèrement mon pauvre valet, dont j'ai depuis appris la fin malheureuse : plût à Dieu que mon argent et mes bijoux lui eussent mieux servi ! J'embrassai mon guide Alétophile. J'avois le cœur serré, et j'y sentois naître pour les Cacouacs une haine qui ne se pouvoit retenir ; je marchois en silence, et je repassois avec confusion ces systèmes ridicules, ces opinions absurdes, ces maximes funestes, ces folies de toute espèce dont je m'étais si long-temps nourri. Mes nouveaux maîtres me consolèrent : « Garde-toi de haïr ces gens-là, me dirent-ils, ce seroit se mettre dans un nouveau genre de dépendance, dont ils sauroient encore s'applaudir. Va, jeune étranger, le mépris public est le seul châtiment dû à l'extravagance. » Je répondis aux Alétophiles qu'ils étoient peu sévères. Nous continuâmes notre route. Je sentis pendant le reste du voyage renaître le calme dans mon âme ; je priai mes guides de vouloir bien me laisser le sifflet qu'ils m'avoient confié, résolu de m'en servir dès que je verrois l'ombre d'un Cacouac. J'arrivai dans ma patrie. Hélas ! je m'aperçus qu'il y avoit long-temps que j'en étois dehors. Le dirai-je ? ces Cacouacs dangereux et ridicules, ces Cacouacs que le sifflet met en fuite, je trouvai qu'on leur avoit donné le nom de *Philosophes*, et qu'on imprimoit leurs ouvrages.

PREMIER MÉMOIRE

SUR LES CACOUACS,

INSÉRÉ DANS LE MERCURE DE FRANCE DU MOIS D'OCTOBRE 1757, SOUS LE TITRE :

AVIS UTILE.

Vers le quarante-huitième degré de latitude septentrionale, on a découvert nouvellement une nation de sauvages, plus féroce et plus redoutable que les Caraïbes ne l'ont jamais été. On les appelle Cacouacs (1); ils ne portent ni flèches ni massues; leurs cheveux sont rangés avec art; leurs vêtemens, brillant d'or, d'argent et de mille couleurs, les rendent semblables aux fleurs les plus éclatantes, ou aux oiseaux les plus richement panachés. Ils semblent n'avoir d'autre soin que de se parer, de se parfumer et de plaire; en

----

(1) Il est à remarquer que le mot grec κακός, qui ressemble à celui de Cacouacs, signifie *méchant.*

les voyant, on sent un penchant secret qui vous attire vers eux : les grâces dont ils vous comblent sont le dernier piége qu'ils emploient.

Toutes leurs armes consistent dans un venin caché sous leur langue; à chaque parole qu'ils prononcent, même du ton le plus riant, ce venin coule, s'échappe et se répand au loin. Par le secours de la magie qu'ils cultivent soigneusement, ils ont l'art de le lancer à quelque distance que ce soit. Comme ils ne sont pas moins lâches que méchans, ils n'attaquent en face que ceux dont ils croient n'avoir rien à craindre; le plus souvent ils lancent leur poison par derrière.

Parmi les malheureux qui en sont atteints, il y en a qui périssent subitement; d'autres conservent la vie, mais leurs plaies sont incurables, et ne se referment jamais; tout l'art de la médecine ne peut rien contre elles : d'ailleurs on les croit souvent naturelles. Ceux qui en sont frappés deviennent des objets d'horreur, de mépris, et le plus souvent d'une dérision qui n'est pas moins cruelle : tout le monde les fuit; leurs meilleurs amis rougissent de les connoître et de prendre leur défense.

Les Cacouacs ne respectent aucune liaison de société, de parenté, d'amitié, ni même d'amour; ils traitent tous les hommes avec la même perfidie, on remarque seulement en eux un plaisir plus vif à répandre leur poison sur ceux dont ils ont éprouvé l'amitié ou les bienfaits : en ce cas, ils ont pourtant soin de l'assaisonner du suc de quelques fleurs ; car, malgré leur cruauté, ils ne perdent jamais de vue l'envie de plaire, d'amuser et de séduire.

Ils paroissent d'abord les plus sociables de tous les hommes ; ils les recherchent et veulent en être recherchés : mais tout ce qu'ils en font n'est que dans le dessein d'exercer leur méchanceté, qui ne peut avoir aucune prise sur ceux qui ont le bonheur de n'être pas connus d'eux. Plus vous les voyez affecter de grâces, de gaîté, de vivacité, plus vous devez vous en défier : c'est ordinairement là l'instant qu'ils choisissent pour darder leur venin. Vous vous livrez à l'enjouement qu'ils vous inspirent, et vous êtes tout étonnés de l'abondance du poison qui s'est insinué dans vos oreilles, et qui vous a porté à la tête les idées les plus sinistres et les plus cruelles. Malheur à ceux qui se plaisent à les voir et à les entendre ! Quelques précautions qu'ils prennent, quelques protestations que les Cacouacs leur fassent de les épargner, ils n'ont pas plus tôt le dos tourné qu'ils éprouvent leur rage.

Cependant ces barbares, tout barbares qu'ils sont, se craignent mutuellement, et ne s'attaquent guère entre eux ; mais quand ils rencontrent quelqu'un qui n'est pas initié dans les mystères de leur magie, ils le poursuivent impitoyablement. Du reste, parce qu'ils détestent toute vertu, ils n'en admettent aucune sur la terre, et affectent de croire tous les hommes pervers : il suffit d'être modeste, honnête, bienfaisant pour être en butte à leurs traits.

On exhorte ceux qui voyageront vers cette contrée à se munir de bonnes armes offensives. On a observé que ces sauvages les craignent beaucoup : à leur simple vue, ils cessent de rire et de faire rire, ce qui est un signe assuré qu'ils sont forcés de retenir leur venin. Il reflue alors sur eux, même avec tant de violence, qu'ils périroient bientôt s'ils ne s'échappoient promptement pour aller chercher des objets sur lesquels ils puissent les dégorger : c'est là leur unique occupation ; on les voit courir çà et là, et roder sans cesse dans cette vue.

Les hommes les plus barbares que l'on ait découverts jusqu'ici ne sont point sans quelques qualités morales ; les insectes les plus déplaisans, les reptiles les plus venimeux, ont quelques propriétés utiles. Il n'en est pas de même des Cacouacs : toute leur substance n'est que venin et corruption ; la source en est intarissable et coule toujours. Ce sont peut-être les seuls êtres dans la nature qui fassent le mal précisément pour le plaisir de faire du mal.

On a des avis sûrs que quelques-uns de ces monstres sont venus en Europe ; ils se sont appliqués à contrefaire le ton de la bonne compagnie, pour s'y introduire et s'y mieux cacher ; on les rencontre dans les cercles les plus agréables. Ils recherchent particulièrement la société des femmes qu'ils affectent d'aimer ; mais c'est contre elles qu'ils exhalent leur venin de préférence. Il seroit difficile de fixer des indices certains pour les reconnoître; on conseille seulement de se défier des gens qui plaisantent sur tout ; on découvre tôt ou tard que ce sont des Cacouacs.

FIN.